句集

彼此《かれこれ》

西池冬扇

ウエップ

句集　彼　此／目次

句集

彼此

かれこれ

装丁・近野裕一

第一章　大地

〔58句〕

新聞をくくってだせば春の雪

春なのに太い根深を焼いている

紅梅の香りを嗅ぎに下駄おろす

彼方まで曲がる空間春夕焼

牡丹雪降るな軍靴の音がする
そこどきなジゴクノカマノフタ踏んだ

団子虫転がりたいと誰いうた
孑孑の漂っているので宇宙

蒲公英の咲いた辺りがそのあたり
繁縷を探すふりしてばかりいて

白木蓮を見上げて鬱に慣れました
それぞれの蛙が見てる遠い山

白い蛾の乱舞とりわけ大夕焼

押すな押すな木の根伝いの蟻の道

なめくじらあるじはいつも鬱の顔

青き雨雨より青き雨蛙

凸凹は恨みにつらみゴーヤ捥ぐ

棒杭を打ちたるこだま山若葉

モッコウバラの角を曲がってよろけたり

犬通る少し遅れて麦藁帽

でで虫の角の上げ下げ雨盛ん

枝先のでんでん虫を囃したり

視てしまう蠅虎の跳んだ貌

雨来たぞ巣を出る蟻に入る蟻

斑猫に出会ってみても過去は過去

天牛は青いノートの上で死す

蓮の葉を被って走る雨ヶ淵
君行くかパセリセージのマスクして

ごろごろと西瓜の山の大崩れ

特別の切符一枚銀河濃し

此の世では西瓜灯籠に化けました

藤袴アサギマダラでない私

二三歩はコオロギの後追うてみる

西郷星枝に影なす鴟の贄

目白押し端のメジロが落ちました
花梨落ち法則なのでまた落ちる

山が鳴る木通の蔓を引き寄せろ

千住という所にて新蕎麦を

ホタルガヤ前世は子供蹴落として

棒担ぎ銀杏採りに行くところ

雲速しあの田稲刈りまだなのに
柚子の実の空に浮いてることもある

猪の蒐場ぞここら風強く
あそこまで歩いてゆけば時雨かも

綿虫になって此の世を音もなく
蛇口からポタリポタリと空也の忌

どっこいしょ葉の無い大根跨ぐとき
凩の身がふと青く透き通る

冬銀河きっとあそこに黒い穴

大蕪抱え大地に棒となる

田の神は留守というたに鶲来る

綿虫に追いつくまでの一歩二歩

梟は星の松明見て鳴けり

白鳥に生まれたはずの残る鴨

雪婆餡パン買いに行くところ

股引の左足から通す癖

じゃんけんでパーを出した子雪蛍

節分の鬼が出てきたらしい穴

第二章　同化

〔50句〕

さかさまの空の深さに青き蝶

閼伽桶にあめんぼがいる雨あがり

クルクルと卵の中に目高の目
ひたすらにイモリのつるむ夜明け前

ぬうと立つ文覚の墓蛞蝓

ぬるき田のタガメは天に尻を向け

ハチドリは光の粒子跳ねかえし
蜂怒りゴーヤの花をまた落とし

捩子花の根元で曲がる蟻の列

川底の大きな洞の山椒魚

トネリコの枝振り杜の青葉木菟

花むぐり髭につけたる花粉の黄

蜘蛛に生れ張り終えし巣のど真ん中
羽蟻乱舞天には上も下もなく

ちさき蚊のちさき波紋のくりかえし

右巻の蚊取線香焚いており

ほととぎす飯屋の隅に古新聞

かぶと虫の幼虫だった昼寝覚め

もう夜明け蚊遣りの灰の渦白く
しわぶいて蘭鋳の向き変わりたり

西日差す黄金バットの紙芝居

紙魚歩む裸写真の臍の上

繰り返す米搗虫の宙返り

シジュフォスの踵のあたり糞ころがし

知恵の輪のにっちもさっちも夏は尽き

まいまいの殻の吹かれて転がりて

大いなる秋の毛虫の食める音

蜘蛛の囲の真中に逆さ風びゅうびゅう

ころびたり風船葛持ったまま

この枝の蓑虫一家同じ柄

藁塚の中へ螋がもぐりしと

星の夜のきのこは群れて粉を吹く

なかなかの顔付きしたる蝗虫

石叩きそこここあそこそこあそこ

木の実独楽茶碗の外へすっ飛びぬ

熟柿落つ落ちたところに団子虫

自然薯の穴掘れ細く深く掘れ
おしまいは蒲の穂絮を一吹きに

この川よどんぐりころと落ちるのは

恐竜の羽毛の化石明日は冬

枯蟷螂のとなりにやはり枯蟷螂

モモンガは居るか星の透けてる狼森《オイノモリ》

どろどろと神楽の夜よ銀河濃く

雪の夜の遊びせむとて影女

亥の子餅列の後ろは誰の子ぞ

一遍の口にただよう雪蛍

鷹の羽を鋭く振りて空に傷

鮟鱇の見上げる空に鈎と雲

後すさりして右回り冬の蠅

狐火を本家の婆が見にこいと

第三章　アバンティポポロ

〔50句〕

磨り減りし踏絵のゼスのお顔踏む

猫達のマスカレードも春の宵

人界と魔界の隙間猫の恋

水温むひらりと沈む一円貨

穴を掘り穴を埋めたり日永なり

春や春あんなに伸びる亀の首

おんころころのあんころ餅を正御影供

口笛のアバンティポポロ春は尽き

捻り花あの世へ人はぞろぞろと
水風船落として割れて笑われて

梅雨の夜のおかきの豆の抜けた穴

賀茂社式年仮遷宮の儀　6月16日

雷神も化してほうたる浄き夜

ガガンボのもう動かない長い足

風薫る指に小さな紙兜

ホトトギスさても一条戻り橋

これはまあ苺大福尼の御前

磐座の賀茂の神山雷落ちる

上賀茂御手洗川

塗り下駄を提げて涼しく川に入る

炎天下逸物重き陶狸

ひまわりに重たきものは人の首

金木犀ジッポの蓋を閉める音

猫じゃらし名前呼ばれて振り向いて

秋の夜の糸で吊るせし五円玉

凡そ天下に落とせば割れる大西瓜

地蔵会のちょっと拝んでいかへんか
わが庵は時計と芋の煮える音

鉛筆に翅を休める糸蜻蛉

曼珠沙華摘んだ娘の齢の数

秋刀魚買う中の一匹不逞面

蠟石の線路も白し秋の暮

野菊咲くジュラ紀の岩の割れ目から
どんぐりを踏めば団栗踏みし音

御所雀御所の紅葉が火事という
裏庭の南蛮煙管青白く

冬落暉シェーンのごとく君も去れ
白鳥の来る宵ならめ月細く

コンビニの夜の少年凍りおり

豆打つな母の逝きしは追儺の夜

かささぎよ天頂渡り霜降らせ

石油缶ガバリゴボリと鳴く小春

弥陀おわし柿の落ち葉の丸い穴

両耳をふさいでもまだ木枯が

畑に立つ賢治の如き襟巻で

冬銀河頭蓋を抜けるニュートリノ

シリウスよ光年というへだたりよ

日輪が風切鎌にかかりおり

初詣うまく飛びたる五円玉

宝引きの翁の面を引けという

鍬始め四方の山に黙礼し

手鞠歌西郷の娘で手がそれぬ

第四章　ケンタウルスα

〔46句〕

山指せば麦踏む人の頷きぬ

花篝影あるもののみな揺れて

何事も無くて菜の花茶漬けにしょ

梅雨茸を蹴れば粉吹く下駄の先

二日月しきりに竹の衣落ち

碁会所を覗いて居りぬカンカン帽

あふれてもこぼれても注げこの冷酒

松山　三句

一遍堂にまいまいつぶろ雨止むか

揚羽蝶子規の句碑から虚子の碑へ

色街の坂に卯の花腐しとか

豌豆の鞘剝くときは鳩の歌
薔薇と薔薇薔薇という字の筆の順

ひとさしのびっくり水よ梅雨明けて
きのこなら傘の大きいのが威張る

空を切る新型電気蠅叩き
松蟬の鳴き止みしかばお昼にしょ

ジパングの堺の夏の欠け茶碗
指先でちぎるミントも午後の風

10月9日

餡蜜の豆をこぼしぬ夢道の忌

星祭まなこ閉じよと騙し船

冷蔵庫に入らぬ分の切り西瓜

鬼ヤンマつばつけ伸ばす竿の糯

鐘楼の屋根を熟柿のすべり落ち

山羊通る苅田と稲田分かつ畦

二つ目は蒂の方から蜜柑剝く
蜜柑積む四つ積んだら良いことが

裏切りの鯛焼き尻尾から食えば
鯛焼の腹の餡ならまだ熱い

綿虫の空には穴があるらしく
傘がないこととの問題雪降れり

凍蝶の落ちて昨夜の流星群

日当たりの蠅忙しき石蕗の花

前を行く影だけの人木枯らし来

梟の鳴く夜は耳も冷えている

冬耕の土を拭えば一文銭

牡蠣すするエッフェル塔の高さ問い

向こうから影だけで来る真智子巻

霜の夜の御身小さな即身仏

風花す願人坊主は臍出して

インドから一番近い冬の星

耳清く冬にさざめく星の声
煤逃げの二黒土星は強運と

窓ガラス六枚拭いて餅買いに
注連飾り右の方へと傾ぐ癖

眼を閉じて動くものあり去年今年

ケンタウルスα星のお元日

第五章　六連星

〔50句〕

マンサクの満開鼻のむずがゆく

恋猫が写楽顔して戻りたり

オオイヌノフグリを踏んで知らぬ顔

たんぽぽの上り下りの蟻や蟻

花繁縷羊も山羊もメエと鳴く
御指の先にしたたる甘茶ゆえ

黒揚羽激しく縺れ真昼の天
星星のときめきことにアンタレス

雨蛙地蔵に何か申しおり

眠られぬ夜とこそ知れ鶏三声

豆飯の湯気うっすらと青く透け

車前草に倒れし熱き空気入れ

神々の若かりし頃椎の花

我が田までうつむき急ぐ出水の夜

出水川向こう岸からしゃがれ声

胸元の出水の汚れ高地蔵

泥亀といわれ少しは泥を吐く

蟻蟻蟻大地を叩く雨の粒

蠍座の低し隕鉄鍛く音

緑陰に丸く線引く蛇使い

滝とどろとどろとどろと龍棲むと

滝つぼの瓜よ回りて冷えよ冷えよ

地獄図を解く入道の鼻の汗

鉾廻す辻とや猫の走り抜け

東入ル金魚三匹ぶらさげて

蟻と蟻相談している極暑の日

本能寺ちらりひまわり見て通る

沢蟹のあぶく明日来る大野分

指で差すあの夏の日に似たる雲
扇子閉じところで台風来るらしく

台風来空の裂け目の赤い星

日の沈む苅田と明日刈る稲田

山は錦に座敷童が来るという

颱風一過うどんに葱のてんこもり

蓑虫の泣くを聞かんと風の中

蓑虫がみのを這い出す誰も留守

捕えたるとんぼう薄き空の色

柿切って柿の種まで真っ二つ

板柳　四句

りんご捥ぐそっと岩木の方へ捥ぐ

掛け大根ガキ大将がくぐり抜け

和尚飛び熟柿落ちるを避けしこと

薪割って積んだ高さの菊の花

番傘を開く匂いも初時雨

あのあたり星の生るると冬銀河

客星か木枯しは雲吹き払い

むつら星数え眼の底の凍て

寒風の蜘蛛の囲ペドロ逆さまに

枯尾花どこでもドアを出てみれば

ひなたぼこ爪切りニッパ良く切れる

十八番には坊主の詠みし恋の歌

第六章　フルヤノモリ

〔52句〕

野の祭シロツメグサの燈るころ

春泥を落とす地団太石の橋

小綬鶏来洞が峠のわかれみち

蝶々のきらりと消えた時の穴

花冷の犬に令和と教えおり

春泥のどたばたダッドスニーカー

袋からこぼれ金平糖の春

梅雨の夜はいつも読み継ぐ創世記

顔出して蓑虫の夏始まれり

揚羽蝶女義太夫そこで哭く

青葉木菟死す昨夜は雨戸鳴り通し

翁あり筍ありて蹴りており

梅雨深し塩饅頭をしくと割る

大蚯蚓ひかえおろうと言われても

山猫が通ったと楊梅ポタリ

雨水なりメダカの鉢に水を足す

ゴキブリを撃ちし新品蠅叩き

跳ばんとすハエトリグモの大きな眼

枕木を渡っておりぬ蟻の列

電線に見張りの鳥今日は夏至

丸善の前でつまずくパナマ帽

片陰の包丁研ぎが店を出す

蟬落ちぬ蟻の行き来の騒がしく
ミンミン蟬三半規管石の揺れ

五六匹同じ高さに蟬の殻

一つだけ転がっている青い柿

敗戦日饅頭食べず持っている

田の神の方へ稲穂の垂れており

立秋の何も買わずに出る本屋

盆果ての下駄の鼻緒の濡れていて

野分去りフルヤノモリのつづれさせ

よくもまあこんなところまで葛の蔓

草に露ケンタウルスを見た朝は
野葡萄を一つ落とせよ大カマキリ

橋渡るでんでん虫もまた無月

まんまろな芋の葉の露蟻が触れ

とんぼうの翅たたむ時首かしげ

飛蝗跳ぶお殿様やら子連れやら

校長先生が厚物菊の鉢抱え

零余子入り三角ムスビ落っことす

一筋の稲が残りて雨ざんざ
でこぽんの尖ったところから剝きぬ

四つ積み崩れる蜜柑建国日

冬怒濤聴く夜は赤い燭ともす

箸先で煮た大根を割りて母

クリスマスカード閉じて開いて又閉じて

チョコ割ってくさめ出そうなこともある

理髪師の顎にかけたる大マスク

聖夜なりかすれ口笛吹きもして
数え日の物言い止まる掃除ロボ

裏向きの仕舞い忘れの追儺面

福寿草八つ九つ十ほども

第七章　変光星

〔94句〕

あいつから国を憂うと年賀状

なみなみと息子が注ぎし年酒なり

初鴉三本足なら跳ねてみよ

年酒の酔い枕に地球回る音

鶯と同じ方へと雀飛び

二月尽丸善で買う『春の雪』

鶯に鶯笛を聞かせおり
春の雪元来た道へススメススメ

げんげ田の彼の世の迎え輿で来よ

蒲公英の丈の低きがちと自慢

ホオジロが近所へ寄っただけという
白木蓮のそろそろ下を掃くころか

みてごらん地球の春は水の玉

花開く特上弁当ぶら下げて

宇宙市民の登録に行く花の雨

白鷺は小首かしげてなどいない

読みかけの詩集になったモンキチョウ

物に皆薄き影あり遍路道

指の蟻爪まで来たら吹き飛ばそ
捩花をぐるぐる廻り降りて来る

竹竿の端にはいつも青蛙

一匹の蟻にどこまでついて行く

新型コロナ　六句

風薫るコロナマスクをちと外し

長き長き春休みお土産三つ蛸三つ

疫病の街を斜めにホトトギス

ＣＯＶＩＤの眼だけ浮いてる梅雨の森

御古狼那退散せよと更衣

こんちくしょうさびしい夏のおおくさめ

ザリガニが釣れて帰りの一番星
だからこそいつも蛙は遠く見る

白シーツ被って寝れば蛾になれる

山法師群がり開き風は急

茄蚕豆生死事大はなおのこと
鉄線花の咲く日必ず母が来る

此は如何に雨の止みたる山の蟹

でで虫の前にでで虫明日も雨

濁声の鴉楊梅喰うたとか
ほうたるは魂なんか知りません

アメンボウしゃがんでいても雨が降る

雨粒をぴょんと避けたるあめんぼう

蓮の葉の上が近道蟻の列

雨ポツリ穴出る蟻に入る蟻

青柿落下蟻の一匹重傷

蟻の列日陰の方へ曲がりおり

蜥蜴消え不思議な隙間石垣に

船乗りに生まれたという夏帽子

天牛よあんた此の木を枯らしたな
かなぶんになるならやはりヘビメタで

日は眩し金色毛虫移動中

花柄の毛虫もりもりもり薔薇を喰う

青ぶどうガンダーラまで空晴れて

水鉄砲くらいで泣いておこられて

天辺に天を見る穴麦藁帽

樹の股にボトルの蓋と空蟬と

アセチレンに匂いはないよ蜜柑水

音高く山吹鉄砲外れたり

妖精もいろいろ烏瓜の花

蓮鉢の波立ちあふれ沖縄忌

沖縄忌やけにゴーヤの匂う雨

オニヤンマ六道どこもがらんどう

ジーンズに穴あけ風を入れました

僕はあの八月六日姉の背に

蟻も人も蒸発したら黒い傘

夏だよね折り鶴バッジまだあるよ

猫じゃらし振りたくて振るまた折れる

四五分も歩いてやはり秋寂し

盆僧の次は白骨御文です

いくさ好きのあなたもどうぞ盆休み

蠟燭の燃え尽きている盆嵐

二つほど大きくいびつ盆団子

天にまた微かな波動星流る

流れ星いろいろ思うこと多く

植木鉢持ってうろうろ台風来

桔梗のぽんと咲く音聞いた人

威風堂々大蟷螂が動き出す

月の出に鼻緒の切れた橋の上

桐の葉が落ちてくる日は風がない

海荒れるひとり酸漿揉む夜は

鬼灯の緑色ならお寺の子

缶瓶の日なり下駄先まだ冷えて

甲州葡萄の房の先まできたる蟻

時雨るるはやはり千住と云う所

藁を焼く煙の方向陽が沈む

石塀の上に椪柑下に金柑

奪衣婆の膝に伊予柑日向猫

銀杏を拾いに行かな山越えて

日光写真の月光仮面現れぬ

花八つ手ビッグバンなら観たという

凩の梢のあれは変光星

はや時雨もう飛ぶまいぞこの蝶々

狸の子餡パン買いに行くところ

風邪で耳鳴りいつもの「昼のいこい」

凍星の落ちた欠片をさがしおり
冬銀河この身の浮いて行くところ

あとがき

彼岸と此岸、命とモノ、聖と俗、理と情、人間は常に異なる次元が共存する世界に存在している。異次元の世界との壁は時によっては穴がぽっかりあき、「あわい」の世界に入り込むことができる。人間は近代社会が目指したように理の世界に偏しても、またその反動で情の世界に偏しても心の豊かさを失う。現代は近代合理主義への反動であろうか、情の世界で自閉的になっている感すらある。情を抱きながら非情であることを装うくらいでちょうど良い。「あわい」の世界とはそうした「メタモダニズム」の世界でもある。そして、俳句は異次元の世界との「あわい」を往来することのできる切符である。

第五句集となった『彼此』は二〇一四年から二〇二〇年の間に造った作品の中から私が「あわい」の世界に遊んだときの四百句

を選んで載せた。「大地」の章には同人誌『棒』に掲載した俳句から、「同化」の章には「鳥虫戯歌」シリーズとして発表した作品群から、第三の章以下はそれ以外の作品で制作年代別に（２０１４～１５年）（２０１６～１７年）（２０１８年）（２０１９年）（２０２０年）の順に載せた。

本句集をまとめるにあたり、㈱ウエップの大崎紀夫氏、きくちきみえ氏また装幀の近野裕一氏にはいろいろご無理を願った。またひまわり俳句会の蔵本芙美子氏には校正等のご助力をいただいた。心からの感謝を申し上げる。

（新型コロナワクチン接種一回目と二回目のあわいで）

令和三年六月

西池冬扇

著者略歴

西池冬扇（にしいけ・とうせん　本名：氏裕）

昭和19年（1944）　4月29日大阪に生まれ東京で育つ
昭和45年（1970）　ひまわり俳句会　高井北杜に師事
昭和58年（1983）　橘俳句会　松本旭に師事
平成19年（2007）　ひまわり俳句会主宰代行
平成20年（2008）　ひまわり俳句会主宰継承

著　書
　句集『阿羅漢』『遍路』『８５０５』『碇星』
　随筆『時空の座第１巻』『ごとばんさんの夢』『時空の座拾遺』
　評論『俳句で読者を感動させるしくみ』『俳句の魔物』
　　『俳句表出論の試み』『「非情」の俳句』
　　『高浜虚子――未来への触手』

俳人協会評議員　現代俳句協会　日本俳人クラブ
棒の会　日本文藝家協会　工学博士

現住所＝〒770－8070　徳島県徳島市八万町福万山8－26

句集『彼　此』（かれこれ）
2021年7月15日　第1刷発行
著　者　西池冬扇
発行者　池田友之
発行所　株式会社　ウエップ
〒160-0022　東京都新宿区新宿1-24-1-909
電話　03-5368-1870　郵便振替　00140-7-544128
印　刷　モリモト印刷株式会社

※定価はカバーに表示してあります　ISBN978-4-86608-115-1